Ricitos de Oro
y los tres osos

A MIS AMIGOS

A CHESIRE STUDIO BOOK
First Spanish language edition published in the United States
in 2003 by Ediciones Norte-Sur, an imprint of
NordSüd Verlag AG, CH-8050 Zürich, Switzerland.
Distributed in the United States by NorthSouth Books, Inc., New York.
Spanish version supervised by Sur Editorial Group, Inc.

Library of Congress Cataloging-in-Publication Data is available.

ISBN: 978-0-7358-4211-3 (hardcover)
ISBN: 978-0-7358-4335-6 (paperback)

ISBN: 978-0-7358-4353-0 (Spanish edition)

Printed in China, 2020.

3 5 7 9 11 · 10 8 6 4 2

www.northsouth.com

FSC
www.fsc.org
MIX
Paper from
responsible sources
FSC® C144853

Ricitos de Oro
y los tres osos

Versión escrita e ilustrada por
Valeri Gorbachev

North
South

Había una vez tres osos que vivían en una cabaña en el bosque. El papá era muy grande. La mamá era de tamaño mediano, y el osito era muy pequeño.

Una mañana, los tres osos decidieron salir a pasear
al bosque mientras se enfriaba la avena del desayuno.

Cuando los osos se fueron, una niñita llamada Ricitos de Oro pasó cerca de la cabaña.

Miró por la ventana y, cuando vio que no había nadie
en casa, decidió entrar.

Sobre la mesa había tres tazones de avena,
El aroma era tan delicioso que Ricitos de
Oro quiso probar.

Primero probó la avena del enorme tazón del gran papá,
pero estaba muy caliente.

Después probó la avena del tazón mediano de la mamá
de tamaño mediano, pero estaba muy fría.

Finalmente probó la avena del pequeño
tazón del osito. ¡Estaba perfecta! Y Ricitos
de Oro se comió toda la avena.

Cuando terminó de comer la avena, Ricitos de Oro fue a la sala. Allí vio las tres sillas de los osos.

Primero probó la enorme silla del gran papá, pero era muy dura.

Después probó la silla mediana de la mamá de tamaño mediano, pero era muy blanda.

Finalmente probó la pequeña
silla del osito. ¡Era perfecta!
Y Ricitos de Oro se sentó en
esa silla.

¡Pero la silla se rompió en pedacitos!

Entonces Ricitos de Oro subió las escaleras
y fue a ver los dormitorios de los tres osos.

Primero probó la enorme cama del gran papá, pero era
muy dura.

Después probó la cama mediana de la mamá de tamaño
mediano, pero era muy blanda.

Finalmente probó la pequeña cama del osito.
¡Era perfecta! Y Ricitos de Oro se acostó y se
quedó profundamente dormida.

Tan pronto como Ricitos de Oro se quedó dormida, los tres osos volvieron a la cabaña. Tenían mucha hambre después de tanto caminar y fueron derecho a la cocina.

Ricitos de Oro había sacado el almohadón de la enorme silla del gran papá.

—¡Alguien ha estado sentado en mi silla! —dijo el gran papá con una voz enorme.

El almohadón de la mamá de tamaño mediano tampoco estaba en su lugar.

—¡Alguien ha estado sentado en mi silla! —dijo la mamá de tamaño mediano con una voz mediana.

Entonces, los tres osos subieron
rápidamente las escaleras.

Ricitos de Oro había revuelto las mantas de
la enorme cama del gran papá.
—¡Alguien ha estado durmiendo en mi cama!
—dijo el gran papá con una voz enorme.
Las mantas dela cama de la mamá de tamaño
mediano también estaban revueltas.

—¡Alguien ha estado
durmiendo en mi cama!
—dijo la mamá de tamaño
mediano con una voz mediana.

Entonces, el pequeño osito
miró su cama.

—¡Alguien ha estado durmiendo en mi cama!
—dijo el pequeño osito con una voz diminuta—.
¡Y todavía está aquí!

Entonces, Ricitos de Oro se despertó
repentinamente.

Se levantó de un salto, salió por la ventana,
bajó por el techo y corrió y corrió hasta
desaparecer en el bosque.

Nadie sabe muy bien qué le pasó después a Ricitos de Oro. Los tres osos nunca mas la volvieron a ver y vivieron para siempre felices en su cabaña en el bosque.